LE P. VALLÉE

DE L'ORDRE DE SAINT-DOMINIQUE

LE CULTE
DU SACRÉ-CŒUR

DISCOURS PRONONCÉ

A LA CHAPELLE DU SACRÉ-CŒUR DE MONTMARTRE

le 29 juin 1881.

PARIS

IMPRIMERIE F. LEVÉ

RUE CASSETTE, 17

1881

LE P. VALLÉE

DE L'ORDRE DE SAINT-DOMINIQUE

LE CULTE
DU SACRÉ-COEUR

DISCOURS PRONONCÉ

A LA CHAPELLE DU SACRÉ-CŒUR DE MONTMARTRE

le 29 juin 1881.

PARIS

IMPRIMERIE F. LEVÉ

RUE CASSETTE, 17

1881

*Sicut dilexit me Pater
et ego dilexi vos.*

Comme mon Père m'a aimé,
moi aussi je vous ai aimés.

(Ev. de S. Jean, ch. xv, v. 9.)

Mes frères (1),

Pour parler dignement du Sacré-Cœur de
Jésus, il faudrait, je ne dis pas l'âme d'un saint,
il faudrait le cœur même du Christ. C'est l'infini
qu'il s'agit de raconter, et comment voulez-vous
qu'une pensée humaine se fasse assez puissante,
assez large, pour pressentir ces grandes choses
qui se sont passées au cœur du Christ ? Je ne
sais pas de dévotion plus attaquée que celle-là :
les uns, habitués à profaner tout ce qui rappelle
Dieu, tout ce qui essaie de soulever l'être humain
plus haut que terre, au nom de je ne sais quelle
philosophie positiviste, acclamée comme un pro-
grès, et qui n'est autre chose que la négation
voulue des facultés supérieures de la raison, les

(1) Sténographie de G. Duployé, rue N.-D. de Nazareth, 12.

uns se dressent en bataille contre nous, et disent :
« Voyez donc ces naïfs, voyez donc ces esprits
« sans portée : ils adorent un cœur d'homme ! »
— Eh ! oui, nous l'adorons, et nous continue-
rons de l'adorer, quelles que soient vos attaques !
Est-ce que, *à priori*, vous ne vous êtes pas
récusés de par la position même que vous avez
prise ? De quel droit, sinon du droit d'une équi-
voque, que trop souvent nous laissons passer
sans protestation, de quel droit, vous qui ne
croyez à rien qu'à la matière, essayez-vous de
juger, de mesurer ce qui affirme l'esprit ? Tout
au plus pouvez-vous dire que vous ne comprenez pas, que cela dépasse l'horizon habituel de
vos pensées, que vous ne vous croyez pas armés
pour pénétrer dans ces choses ! Dites, si vous
voulez, que nous vivons dans un monde étrange ;
mais je vous défends de juger, je vous défends de
dire que vous avez mesuré ce monde que nous
portons, que vous avez pris nos dévotions dans
votre main et que vous les avez trouvées trop
légères ! Vous n'avez pas ce droit-là, parce que,
encore une fois, vous ne montez pas jusqu'à ces
régions où nous sommes établis.

Il y en a d'autres (je n'insiste pas, vous le
comprenez, sur ce premier groupe), il y en a
d'autres qui, au nom d'un spiritualisme plus
éthéré que celui que, pour ma part, je porte en

moi, nous disent : « Mais des dévotions sen-
« sibles, c'est Dieu diminué, c'est Dieu rapetissé
« aux proportions de l'homme et de la terre ! Le
« catholicisme est splendide, il a des dogmes
« merveilleux ; pour tout ce qui parle de Dieu,
« vous avez des mots pleins, riches en effet ; vous
« avez les grandes conceptions métaphysiques, et
« dans une lumière tellement nette qu'il faut
« bien s'incliner et déclarer que, comme école
« philosophique, vous êtes plus haut qu'aucune.
« Mais quand nous descendons sur le terrain du
« culte, immédiatement nous voyons ces grandes
« conceptions sombrer dans je ne sais quelle
« forme imaginative diminuée. Vous profanez
« les grandes choses que Dieu vous a confiées par
« ces dévotions sensibles ; vous marchez contre
votre Dieu. »

Ils sont bien heureux, ceux-là, mes frères, qui,
portant notre nature telle que nous la sentons en
nous, corps et âme comme nous, peuvent ainsi
se passer de tout élément sensible, et trouvent
qu'il est facile de s'absorber dans la contempla-
tion de l'infini et de communier à lui sans inter-
médiaire aucun ! ils sont bien heureux ceux-là qui
n'ont pas besoin d'appui, ceux pour lesquels le
clavier sensible, ce clavier si riche et si vibrant
qui supporte nos pensées à tous, ceux pour
lesquels ce clavier est parfaitement inutile ! Ils

sont bien heureux ! Mais je ne crois pas à eux ; je ne crois pas à leur sincérité, quand ils me disent qu'en se dégageant de toute forme sensible, ils arrivent à une communion avec Dieu, que moi je ne trouve pas par ces formes sensibles. Eh ! mon Dieu, est-ce que la preuve n'est pas faite ! est-ce que, historiquement, cette race des éthérés comme je les appelle, pour ne pas dire des mots trop durs, est-ce que cette race-là n'a pas fonctionné constamment sous notre regard ? Et, dites-moi, où en sont-ils, ces déistes, ces spiritualistes merveilleux, où en sont-ils, au point de vue de la communion à Dieu ? Comparez donc ! Si leur méthode est meilleure que la nôtre, alors nous, nous serons sans Dieu, et eux tiendront le Dieu vivant entre les mains ; alors nous, nous serons aux prises avec des formes qui paralyseront notre pensée ; et eux, au contraire, ayant conquis enfin la pleine liberté de leurs mouvements, seront dans des contemplations superbes et sans fin. Ils chanteront Dieu comme nous ne le chantons pas, ils le sentiront vivant comme nous ne le sentons pas... Est-ce vrai cela ? Vous avez leurs livres. Quand vous les avez lus, du premier mot jusqu'au dernier, chaque fois qu'ils abordent la question de Dieu, vous voyez qu'ils sont, au fond, devant des formules *abstraites*, et que tout ce qu'ils disent de

Dieu, ils le disent comme à tâtons et avec des incertitudes et des hésitations effrayantes ! Je dis *effrayantes*, car enfin, tant que Dieu n'est pas là, tant que nous ne le voyons pas, que nous ne le connaissons pas bien, l'homme ne vit pas, l'homme ne sait pas pourquoi il est sur terre ; il y a quelque chose de « plus divin » au-dedans de lui qui n'a pas encore jeté son cri, ni produit son œuvre ; Dieu enfin n'est pas là ! Eh bien, ce Dieu, ils ne l'ont pas, ils ne savent pas ce qu'il est, et peu à peu Dieu se retire d'eux, peu à peu il habite là-bas, bien loin, derrière les nuages, plus haut que l'horizon, et il n'y a plus entre ce Dieu et eux qu'une sorte de communion vague, une communion à travers un mot et une formule. Si vous me dites que cela vous suffit, si vous me dites que c'est ce Dieu qu'il vous faut, si vous me dites que des mots peuvent vous pacifier et combler ces grandes exigences de votre nature quand il s'agit de Dieu, alors c'est bien. Mais quant à moi, je ne sais pas de mot qui puisse me pacifier et me combler, et je déclare que ceux qui passent devant moi en ne me donnant que des formules, ceux-là laissent ma nature en souffrance, en gémissement profond : c'est le Dieu vivant qu'il nous faut, entendez bien, et le Dieu vivant, vous ne le trouverez qu'aux pieds du Christ. Mais le Christ, écoutez, c'est le Dieu incarné, c'est le Verbe fait chair ; c'est Dieu descendant de son mystère d'infini ! c'est Dieu prenant en pitié ces formules sous lesquelles nous essayons de nous le prophétiser nous-mêmes, descendant sous forme vivante, palpable et sensible, et laissant passer à travers cette forme palpable et sensible le mystère les clartés infinies qui sont en lui. Alors je me recueille, et j'écoute mon Dieu qui me parle, et je sens que ses mots sont pleins de choses ; je me recueille encore, et dans un silence toujours plus haut et toujours plus profond, et dans un don de moi de plus en plus intense, de plus en plus vrai, je communie à mon Dieu ; mais je n'y communie qu'à ce prix-là.

Il faut donc des formes sensibles, et la dévotion au Sacré-Cœur est une de ces formes absolument légitimes.

I

J'en ai d'abord pour garant ceci, mes frères, c'est que l'Église a parlé et que l'autorité constituée dans l'Église (nous fêtons saint Pierre aujourd'hui, et je suis heureux d'acclamer saint Pierre et ceux qui le continuent, car c'est le

Christ que nous acclamons en eux); donc, dis-je, l'autorité de l'Église a parlé; le Christ Jésus, qui nous parle par Pierre, a parlé, et la dévotion au Sacré-Cœur a été autorisée. Quand il n'y aurait que cela contre vous qui niez, quand il n'y aurait que cela contre tous les hommes qui formulent contre nous, qu'ils viennent de la science ou qu'ils viennent de la philosophie, je serais fort contre eux : car enfin, en reprenant l'histoire, je les vois qui périssent à chaque heure. Chaque fois qu'un feuillet du temps est tourné, je ne suis plus devant le même groupe : ils ont disparu ; et l'Église elle est toujours là, et le Christ est toujours vivant ! Le Christ continue à parler par celui qu'il a constitué pour cela près de nous. Voyons, est-ce que cet être ainsi permanent, qui depuis des siècles et des siècles fait son œuvre, et une œuvre divine, parmi nous, est-ce que vous croyez qu'il n'est pas à écouter de préférence à ces prophètes de négation qui se lèvent au milieu de nous et ne font que passer ?

Il y a plus que cela, il y a le sentiment populaire pour cette dévotion, et c'est bien quelque chose. Quand nous voulons prendre la mesure d'un homme, nous allons d'abord frapper au cœur. Si nous pouvons dire de cet homme qu'il a du cœur, que c'est un brave cœur, que c'est un cœur loyal, immédiatement nous avons le

désir d'entrer en communion avec lui. Il a ému
notre âme d'une façon toute spéciale ; c'est quel-
qu'un, cet homme-là ! Mais si, nous trouvant
devant une intelligence très haute, très puissante, nous ne sentons pas ces vibrations parti-
culières que nous appelons le cœur ; si nous ne
sommes pas devant une nature vraiment grande,
une nature qui est en don d'elle-même, si nous
sommes devant l'être fermé à tout don, si hautes
que soient ses pensées, si magnifiques que soient
les formules qu'il peut jeter au monde, eh bien,
cet être-là, au fond, c'est un glacier au milieu
des âmes qui l'entourent. Le glacier peut être
irradié par les rayons du soleil, je le veux bien,
mais il fait froid à côté de lui, mais l'homme ne
vit pas à côté de lui, et les influences qui en
jaillissent, ce sont des influences morbides, et
non pas des influences vitales. Mais qu'on me
donne un cœur qui vibre et qui bat fortement,
qu'on me donne un être qui aime vraiment la
race humaine autour de lui, et qui passe sa vie
à prouver combien il l'aime, immédiatement
je suis attiré ; je sens que je suis devant l'être
souverain parmi nous, l'être grand entre tous.
Dites-moi, il y a un empereur romain qui a
des pages formidables dans sa vie : onze cent
mille juifs avaient été massacrés par lui pour la
plus grande gloire de Rome, pendant le siège de

rusalem, et cependant, quand on prononce son
nom, quand on dit : l'empereur Titus, on a l'âme
émue, pourquoi ? parce qu'un jour, un soir, cet
empereur se recueillant pour lire sa vie, cet
empereur a dit ce mot fait de bonté, pénétré de
tout ce qu'il y a de meilleur dans le cœur humain,
il a dit : « Aujourd'hui, j'ai perdu ma jour-
née ! » Et pourquoi ? « Je n'ai pas pu faire de
bien ». — Et parmi ceux qui sont restés comme
les êtres aimés par excellence, ceux que la foule
acclame, quoi qu'on en ait, je ne dis pas aux
heures troublées, mais je dis aux heures sincères,
quand l'âme est silencieuse, et quand c'est la
vérité qui s'écrit dans cette âme, ceux que la
foule acclame, ce sont les Vincent de Paul, ce
sont les êtres de don et de don parfait. Et voilà
pourquoi, si nombreux que soient les prophètes
de négation, il y a un être qui restera ainsi
aimé, et aimé quand même, et aimé comme
jamais l'homme, pas même Vincent de Paul, n'a
été aimé et ne sera aimé : il y a le Christ Jésus
qui a passé parmi nous en aimant, « *transiit
benefaciendo* », qui a passé le cœur grand
ouvert, et qui reste toujours le cœur grand
ouvert, et tous ceux qui savent combien il a
aimé, tous ceux qui sont initiés, tous ceux
qui ont lu les pages qui racontent sa vie, ou
qui ont médité près de lui à son autel, ou

bien au-dedans d'eux-mêmes sur les dons qu'ils en recevaient et qu'ils en reçoivent toujours, tous ceux-là aiment le Christ, et leur ambition, la passion profonde de leur vie, c'est de l'aimer davantage encore et d'aller grandissant toujours dans cet amour. Pourquoi ? Parce que ce Christ, c'est le Verbe de Dieu, oui, c'est le Verbe de Dieu fait chair, mais pourquoi fait chair ? parce qu'il a aimé ; c'est le Verbe de Dieu qui a vécu trente-trois ans parmi nous ; pourquoi ? parce qu'il a aimé ; il a passé trois ans dans un douloureux et incessant apostolat ; pourquoi ? parce qu'il a aimé ; il est retourné au ciel, après sa mort effroyable sur la croix ; pourquoi ? toujours parce qu'il a aimé ; et il est au ciel, au ciel près de son Père, *semper interpellans pro nobis*, pourquoi ? parce qu'il aime, et qu'il aimera toujours, jusqu'à la fin.

C'est la loi du Christ ; c'est un être aimant sans mesure, « *in finem* », jusqu'à l'éternité, jusqu'à l'infini! Voilà pourquoi les âmes grandes et les cœurs fiers se retournent vers le Christ, et pourquoi ils l'aiment. Et vous ne ferez pas que le Christ ne soit pas populaire, entendez bien ! Oui, il sera populaire, quoi que vous fassiez, et les foules tomberont toujours, comme jadis elles le suivaient dans les plaines de Judée, les foules tomberont toujours à ses pieds. S'il est des heures où il y a comme un voile sur la face du Christ, eh ! mon Dieu, c'est que nous, les baptisés, nous ne témoignons pas bien pour notre Christ ; c'est que nous, les prêtres, peut-être, nous ne racontons pas bien le cœur de notre Christ ! mais si nous disions ce qu'il a été, mais si nous savions le secret de ce cœur, et si nous le jetions avec cette flamme irrésistible, passionnée comme à l'infini, qui fut dans l'âme d'un saint Paul, et qui devrait être dans notre âme à tous : si nous avions ces passions superbes, dévorantes, qu'on a vues dans l'âme des vrais apôtres depuis la venue du Christ, je vous assure bien qu'il faudrait qu'on nous entendît ; je vous assure bien qu'il faudrait qu'on s'inclinât, et que le Dieu que nous précherions, le grand cœur, le cœur divin, le cœur infini dans ses dons que nous précherions, forcerait l'humanité entière à tomber à genoux et à l'adorer, car on ne discute pas avec le cœur ; là tout le monde se rencontre. On discute un esprit, on discute les thèses que cet esprit peut faire ; on ne discute pas un cœur qui se donne, parce que c'est de la vie qui passe, et qu'on ne discute pas la vie ; on l'expérimente en se recueillant, et on la laisse passer en soi triomphante : c'est la loi, cela !

Mais, vous me direz, tout cela nous amène bien à l'amour du Christ ; tout cela nous dit bien ce que nous savons : que Jésus-Christ a aimé ; mais la dévotion au cœur du Christ, pourquoi localiser en quelque sorte cette dévotion ? pourquoi l'enfermer dans ce cœur, dans ce muscle comme le nôtre, qui s'appelle le cœur humain du Christ, son cœur de chair, pourquoi cela ? Est-ce que vous ne sentez pas qu'il y a un écart entre ces grandes choses que vous nous dites du Christ et cette espèce d'ombre humaine sous laquelle vous l'enveloppez ?

Si vous saviez, mes frères, ce que c'est que le cœur de l'homme, si vous saviez cela de pleine science, vous n'auriez pas ces scrupules ni ces hésitations dans votre dévotion.

II

Claude Bernard se disait un jour : Puisque l'humanité, depuis des siècles, l'humanité dans ses instincts spontanés, comme l'humanité savante, l'humanité lettrée, puisque toujours elle a parlé du cœur de la sorte, c'est qu'il y a quelque chose de fondé en raison. Étudiant le cœur au point de vue physiologique, qui était son terrain, il se demandait ce que c'était que ce cœur, et voici les solutions fondamentales auxquelles il

est arrivé ; le cœur (il reprenait le grand mot
d'Aristote, ce maître des penseurs : *primum
saliens, ultimum moriens*), le cœur, mais c'est là
que, d'abord, s'affirme la vie ; c'est là que le
premier battement s'opère ; c'est là que la vie
commence. Dans l'homme, il y a plusieurs cou-
ches de vie bien distinctes ; il y a la couche de
vie végétative. Nous avons un corps qui naît, qui
grandit, qui croît chaque jour ou qui décroît. A
ce point de vue, nous sommes absolument de la
famille des végétaux, comme l'arbre qui, lui
aussi, naît, grandit et puis meurt. Il y a
autre chose dans l'homme : il y a la vertu sensitive, un état supérieur au premier, il y a la
puissance de sentir, la puissance d'éprouver des
sensations multiples : puis, plus haut, il y a la
puissance rationnelle. Eh bien ! la loi du cœur,
disait Claude Bernard : c'est d'être comme à la
base, au point initial de toute la vie végétative.
C'est le cœur qui propulse le sang, qui crée cette
circulation de vie à travers tout l'organisme
humain ; c'est lui qui projette au cerveau, par
les artères diverses qui vont la lui porter, cette
vie précieuse, le sang ; c'est lui qui projette,
jusqu'aux extrémités du corps, ce même sang ;
c'est lui encore qui le ramène quand il est
épuisé, quand, devenu sang noir et chargé d'acide
carbonique, il ne peut plus suffire à alimenter

le corps ; c'est lui qui, le faisant passer par le poumon, le renouvelle afin de le lancer à nouveau dans le cerveau et à travers tout l'organisme. Par conséquent le cœur est à la base de toute cette vie. Enlevez-le, arrêtez son battement pour un temps déterminé : c'est fini, toute vie s'arrête, le cerveau est paralysé, tous les membres sont atrophiés, la mort se fait.

Et à l'égard de la vie sensitive, quel est le rôle du cœur ? Mais ne voyez-vous pas que tous ces admirables centres nerveux qui font que nous sommes capables de sensations, que nous sommes capables de voir les choses du dehors, capables d'entendre les harmonies extérieures, capables de goûter la saveur des choses, capables de toucher et de palper tout ce qui est tangible ou palpable, tous les sens enfin qui sont en nous, puisent leur activité dans les cellules cérébrales où tout vient se concentrer ? eh bien, ces centres nerveux qui sont là au cerveau, s'ils n'étaient pas baignés constamment par ce flot de vie que le cœur envoie, par ce sang qui pénètre et qui vivifie toutes les cellules cérébrales, entendez bien, s'il n'y avait pas cet influx constant sous la propulsion que le cœur fait, vous n'auriez plus la possibilité de sentir, vous ne pourriez pas voir avec vos yeux, entendre avec vos oreilles, goûter avec le goût, toucher avec

vos mains : toute vie nerveuse, toute vie sensitive serait immédiatement arrêtée. Mais, au
contraire, que le sang circule, que le cœur conti·
nue son œuvre, alors le cerveau, baigné de la
sorte , tout pénétré par cette effluve de vie que le
cœur lui envoie, le cerveau commence sa fonction,
les centres nerveux entrent en activité, et puis
chacun de vos sens connaît, expérimente les sensations pour lesquelles il est né ; et voici que,
par une sorte d'action réflexe, voici que tout ce
qui se passe dans ces centres nerveux, vient retentir sur le cœur et le faire battre plus ou moins
vite, selon les émotions et les sensations reçues
là, au cerveau ; si bien qu'il y a, entre le cœur et
le cerveau, comme une sorte de circuit vital, le
cœur jetant la base sans laquelle rien ne se ferait,
le cœur jetant cette vie, ce sang, qui est la vie
même, le jetant à ces cellules cérébrales, qui l'at-
tendaient et qui ne pouvaient entrer en fonction
sans lui, et puis, sitôt que la fonction commence,
sitôt que la sensation s'éveille, immédiatement
une action réflexe sur le cœur, qui active encore
son mouvement, et qui fait qu'il est de moitié,
entendez bien, qu'il est de moitié toujours dans
toutes les sensations que nous éprouvons ; il est
de moitié parce qu'il est au point de départ, et il
est de moitié parce qu'il est sous la réaction
immédiate, et aucune de nos sensations ne se

traduit au dehors, nous ne racontons à qui que ce soit ce que nous avons senti là, sans que le cœur ne soit de la partie, sans que le cœur ne soit en jeu ; c'est lui qui livre tout, c'est lui qui trahit tout, c'est lui qui nous traduit tout entier, et sans lui rien ne passerait de nous au dehors.

Il n'y a pas seulement dans l'homme une vie végétative et cette vie de sensations ; il y a une vie supérieure, il y a ce qui caractérise l'homme, car, jusque-là, nous sommes dans la région infé-rieure de la vie ; il y a, en nous, quelque chose de plus haut, quelque chose qui nous fait à l'image de Dieu. Nous portons le signe de Dieu sur le front. Pourquoi ? parce qu'il y a en nous une clarté à part, plus haute que toute sensa-tion ; il y a en nous une « lumière vraie » ; il y a en nous la raison ; il y a en nous une puissance qui, lorsque les sensations sont éveillées au cer-veau, entre en activité à son tour, écoutez bien, et transforme toutes ces activités qui n'étaient que de l'ordre sensitif, les transforme en actes rationnels, en actes vraiment humains. Il y a là tout un monde différent ; il y a là une puissance qui compare, et qui s'élève à des notions gé-nérales, universelles, qui ne peut pas faire autrement, parce que c'est sa nature de penser ainsi d'une façon générale et universelle. Par vos sens, vous n'avez jamais vu que tel individu, que tel homme, telle ligne, telle couleur ; par votre raison, vous avez l'idée générale de l'homme, et de la couleur, et de la ligne, et de toutes les choses qui peuvent être objet de sensation pour vous. Sitôt que la sensation a lieu, vous êtes en face de quelque chose de particulier, de délimité, de déterminé ; sitôt au contraire que la raison commence son œuvre, vous êtes devant un acte plus haut et plus grand, vous êtes devant une puissance qui s'ouvre comme à l'infini, qui généralise, et qui, immédiatement, vous donne des conceptions universelles, des compréhensions larges, métaphysiques des choses ; vous êtes devant la raison humaine enfin.

Eh bien, tout ce monde, qu'on appelle psychologique, afin de bien avertir qu'il est né en nous d'une puissance qui n'est pas le sens, qu'il est né en nous d'une puissance qui est l'esprit, qui est l'âme, tout ce monde, est-ce qu'il dépend, lui aussi, du cœur qui, nous l'avons vu pour les deux formes de vie précédente, est la base de tout ? Vous savez bien que si l'homme n'avait pas tout ce clavier des sens dont nous avons parlé, jamais la pensée ne fonctionnerait en lui. Supposez un pauvre être qui naisse parmi nous, fermé, par ses cinq sens, à toute la vie extérieure, ne pouvant pas voir, ne pouvant pas entendre, ne pouvant communiquer, par aucun de ses sens, avec ceux qui l'entourent ; il n'y aura pas d'idées dans ce cerveau-là : peut-être l'âme a-t-elle une puissance merveilleuse sous cette forme ingrate qui la tient captive, peut-être, si l'instrument était libre, peut-être cette âme pourrait-elle s'éveiller à des pensées qui rappelleraient les plus beaux génies qui aient jamais vécu ; mais tant que les sens seront immobilisés, tant qu'ils seront absolument, radicalement impuissants, toute pensée sera paralysée, toute vie intellectuelle sera éteinte, aucun épanouissement de cette vie ne pourra se produire : c'est de la mort qui est là, sous cette vie apparente ; l'esprit ne fonctionne pas. C'est qu'en effet l'esprit, chez nous, est lié aux sens et fonctionne en communion avec les sens, entendez bien ! Et ils sont superbes ceux qui ne veulent pas que l'homme s'appuie sur des choses sensibles, qui ne veulent pas de formes sensibles dans le mouvement qui les porterait à Dieu, c'est-à-dire au mystère le plus profond de tous ! ils sont vraiment superbes, ceux-là ! Comment ! je ne puis pas penser à ma mère si d'abord mes yeux ne l'ont pas vue, et si ma main ne l'a pas touchée, et vous voulez que je pense à Dieu, à Dieu qui est caché là-bas dans son infini, et que je ne peux comprendre qu'à travers tous les signes du dehors, vous voulez que je pense à lui sans forme sensible ! Mais je suis lié à cete forme-là, entendez bien : il faut d'abord une sensation de vision pour que j'aie l'idée de la lumière, une sensation d'audition, d'harmonie, pour que j'aie l'idée de cette harmonie, pour que je sache ce que c'est qu'un son, et ce que la combinaison des sons peut produire à un moment donné ; il faut que je sache, par mon goût, ce que c'est qu'une saveur, que je l'aie expérimentée, avant d'en avoir la notion générale, l'idée, et ainsi de suite ; et toujours, quelle que soit cette puissance rationnelle qui est en moi, que j'acclame, vous le voyez bien, singulièrement, qui pour moi dépasse, comme un monde dépasse un autre monde, dépasse les sens, il faut cependant qu'elle agisse en communion avec les sens, et qu'elle s'appuie constamment sur ce que les sens lui ont apporté. C'est comme le clavier sous les doigts de l'artiste ; si vous n'avez pas ce clavier, je vous défie bien de produire des sons harmonieux, c'est impossible. De même, l'âme en nous, la raison en nous, si elle n'a pas cette série de sensations, si elle ne les reçoit pas constamment des sens, se trouve arrêtée et paralysée. Mais alors, s'il en est ainsi, le cœur va avoir son rôle ; puisque le cœur est nécessaire pour la vie de sensation ; puisque le cœur est au point initial d'où le sang afflue au cerveau et lui permet de sentir, puisque c'est lui qui tient en éveil tous les centres nerveux ; puisque, d'autre part, ce qui se passe au cerveau va retentir sur le cœur pour activer son mouvement, de façon à ce que le circuit vital soit permanent entre le cœur et le cerveau, quand je voudrai penser, quand la raison va commencer à fonctionner, elle va s'appuyer sur toutes ces choses que je viens de dire, elle va être liée à ce cœur, et tout ce qui s'éveillera en elle aura pour point de départ ce que le cœur aura envoyé, comme aussi tout ce qui partira d'elle viendra retentir sur le cœur et activer son mouvement. Est-ce que ce n'est pas vrai ? Est-ce que les grandes pensées, quand elles s'éveillent en nous, est-ce qu'elles n'amènent pas une sorte de dilatation dans le cœur, et comme un repos superbe ? Pourquoi ? ah ! parce que, à ce moment-là, enfin, nous pressentons la grande harmonie pour laquelle nous sommes nés, parce qu'il y a unité, union entre les diverses forces qui nous constituent, et, quand il y a union, il y a paix, il y a rafraîchissement ; quelle que soit d'ailleurs l'intensité de la vie, il y a paix et harmonie.

Et, quand vous avez une passion profonde, quand vous avez des passions, de quelque nature que ce soit, d'en bas ou d'en haut, quand c'est l'égoïsme ou quand c'est la charité, peu importe ; quand la passion vous travaille, n'est-il pas vrai qu'à ce moment les visions intérieures qui vous

prennent et vous entraînent, viennent se répercu-
ter au cœur, et que le cœur est comme l'expression
palpable (nous le sentons dans nos poitrines,
tous), l'expression palpable de ce qu'il y a en nous?
C'est le cœur, encore une fois, qui est le point
de départ initial, et c'est le cœur qui est la traduction constante de tout ce qui se passe en nous,
de tout ce qui s'y passe dans l'ordre végétatif,
dans l'ordre sensitif et dans l'ordre intellectuel.
C'est là l'homme, que voulez-vous ! Dieu l'a créé
de la sorte ; il est en vous ainsi comme il est en
moi, et je vous défends bien de vous inscrire
contre ce que je vous dis, parce que vous pouvez
l'expérimenter pas à pas à mesure que je vous
parle ; c'est notre histoire à tous que je raconte.
C'est ainsi que nous sommes faits.

III

Prenez maintenant le Christ. Le Christ, ce
n'est pas seulement un homme comme nous,
un être ayant une nature humaine vraie, ayant
par conséquent ce triple clavier que je viens
de dire, et cette vie végétative, et cette vie
sensitive, et cette vie rationnelle. Il est homme
comme nous, il a corps et âme comme nous,

oui ; mais cette nature humaine du Christ, au moment même où elle était conçue, a été assumée par le Verbe de Dieu, le Fils de Dieu qui venait s'incarner en elle : au lieu de se terminer à une personnalité humaine, comme la nature de chacun de nous... Pourquoi est-ce que vous êtes distincts de tous ceux qui vous entourent ? pourquoi constituez-vous un tout chacun ? parce que vous êtes une personnalité, parce que tout ce corps qui est là vous appartient à vous, et rien qu'à vous ; parce que cette âme qui pense en vous, vous appartient à vous, et rien qu'à vous ; parce qu'il y a un moi substantiel qui rallie dans l'unité toutes les forces vives, toutes les forces de corps et d'âme qui sont en vous. Eh bien, dans le Christ, il y eut aussi un moi substantiel ; mais ce moi ne fut pas la nature humaine, dans laquelle le Fils de Dieu venait s'incarner. Au moment même de son incarnation, le Verbe de Dieu apparut et prit en lui, pour employer le vrai mot de la théologie, *assumpsit*, il assuma en lui, il prit en lui cette nature humaine ; quand le Christ descendit, il y eut une nature humaine qui allait, sans le don mystérieux que le Verbe venait lui faire, qui allait être, comme la nôtre, terminée à une personnalité humaine, qui allait par suite fonctionner comme nous fonctionnons tous, et pas autrement, mais à ce moment-là le

Verbe de Dieu vint prendre à soi cette nature
humaine, et cette nature, au lieu de se terminer à cette personnalité humaine, à un
moi humain, se termina à la personnalité
divine, au moi divin, qui venait de la prendre
en soi ; si bien que, écoutez, de même que
l'on dit de votre cerveau, de votre cœur, de
votre bras : c'est le bras d'un tel, le cerveau d'un
tel, le cœur d'un tel ; de même quand il s'agira
du Christ, et qu'il faudra exprimer à qui est
ce cœur, à qui est ce cerveau, à qui est cette main,
vous devrez dire : c'est le cœur, c'est le cerveau
et c'est la main du Verbe de Dieu incarné ;
le Verbe de Dieu est présent au corps et à chacun
des membres du corps dans le Christ, absolument comme votre moi substantiel est présent
à toutes les parties de ce corps qui est vôtre.
Votre cœur, c'est votre cœur, pourquoi ? parce
qu'il y a, encore une fois, en vous, ce moi
substantiel qui rallie dans l'unité tous les éléments intégrants de votre nature. Eh bien,
de même en Jésus-Christ le moi divin qui
était là, prit à soi tous les éléments intégrants
de la nature du Christ, et rien n'est à une personne humaine dans le Christ, tout est à une
personne divine : l'âme, la pensée, la volonté, et
le corps, tous les sens, les différents sens qui sont
dans ce corps ; le cerveau encore une fois et le

cœur, c'est le cerveau et c'est le cœur du moi
divin, du Verbe de Dieu, du Fils de Dieu, con-
substantiel au Père, Dieu comme Dieu !

Alors que va-t-il se passer dans le Christ ? Tout
à l'heure, je vous montrais le cœur nécessaire
pour que les trois formes de vie qui sont en nous
eussent leur épanouissement, et maintenant voici
un être qui va avoir ces trois vies, plus cette forme
de vie divine qu'il mène en tant que Dieu. Dites-
moi, comment cet être va-t-il traduire ces ri-
chesses infinies qui sont en lui ? C'est Dieu qui
passe. Est-ce que Dieu, lui aussi, va être à la merci
de cet organe que nous appelons le cœur pour se
traduire, pour s'exprimer ?

Eh ! oui, du moment où le Verbe a été incarné,
c'est par son humanité qu'il s'est raconté et
a raconté tout le mystère de Dieu, et par conséquent la vie divine elle-même, la pensée divine
elle-même, l'amour divin lui-même. Tout ce
divin jaillissant du Verbe de Dieu a passé par sa
nature humaine, et par conséquent a suivi la loi
de cette nature humaine. Il a donc fallu, pour
que ce Christ, ce Verbe incarné, s'exprimât et
racontât tout ce qu'il portait en lui, il a fallu,
entendez bien ceci, il a fallu qu'il connût la loi
que nous connaissons tous ; il a fallu à la base,
comme condition prédéterminante, nécessaire,
il a fallu le cœur propulsant le sang à travers

es artères comme pour nous ; il a fallu le cœur
subissant la réaction de toute la vie qui s'ac-
complissait au cerveau une fois que le sang y
était arrivé ; il a fallu, dis-je, cette réaction,
et il y a eu dans le Christ ce circuit vital dont
nous avons parlé ; il y a eu cela constamment,
à toute minute, à toute seconde ; et quand
on pense à l'immense amour qui fut dans le cœur
du Christ, quand on pense que c'était Dieu
qui aimait, eh ! mon Dieu, vous devez savoir
comment Dieu aime, est-ce qu'il ne vous l'a pas dit
un peu au fond du cœur ? est-ce que de temps à
autre vous n'avez pas été pénétré de ses miséri-
cordes, vous n'avez pas senti ses compassions
divines ? est-ce que le mystère du Calvaire ne
s'est pas fait intime et personnel à vous ? est-ce
que le mystère de l'autel ne s'est pas fait lire à
vous, de façon à ce qu'enfin vous ayez senti le
cœur de votre Dieu dans votre cœur en quelque
sorte, de façon à ce que vous ayez compris ce
poids d'amour infini qui vous cherche, et qui
veut vous pénétrer en toutes vos puissances
d'âme, et vous transformer, vous faire « un »
avec Dieu ? N'avez-vous pas senti cela ? Donc le
Christ aimait, il aimait à l'infini. Eh bien, pour
traduire tout ce qui se passait en lui, puisque
c'est par son humanité que le Verbe incarné se
révélait, il lui a fallu ce cœur, ce cœur de chair,

que nous portons en nous, et il a fallu que ce cœur de chair envoyât le sang au cerveau du Christ, afin que son humanité continuât à pouvoir sentir et à pouvoir penser, parce que c'est la loi de l'être humain, et que Jésus-Christ avait une vraie nature humaine, une nature humaine qui évoluait sous toutes les lois de la nôtre. Elle était donc liée à ces conditions, toutes matérielles sans doute, mais qui sont normales après tout, qui sont la loi essentielle de notre nature.

C'est donc par son cœur que Jésus-Christ nous a aimés ; c'est donc ce cœur qui a été l'expression, la traduction permanente de tout ce qui s'est passé en lui. Or, ce cœur, quand nous tombons à genoux pour l'adorer, nous ne tombons pas à genoux devant lui comme devant une relique, comme devant une chose qui ne serait plus. N'oubliez pas que notre Dieu est ressuscité ; n'oubliez pas que ce cœur bat dans la poitrine du Christ et qu'il y battra éternellement ; n'oubliez pas que Jésus-Christ continue d'aimer là-haut comme il aima à sa croix, et qu'il étend toujours ses bras sur la race humaine, afin d'essayer de la soulever de terre et de l'entraîner enfin vers ces choses éternelles qu'il est venu lui prophétiser et lui rendre possibles.

Oui, Jésus-Christ aime à l'infini, mais il aime

avec sa double nature de Dieu et d'homme, il
aime en traduisant toujours à travers son humanité ce qui se passe dans sa divinité, et par conséquent son cœur bat, son cœur continue ce
fonctionnement superbe d'alimenter la vie, de
continuer et de constituer les conditions de la
vie. Car je suppose qu'après la résurrection, les
lois, tout en étant transformées dans la gloire,
sont les mêmes, et alors le cœur du Christ continue la propulsion vitale qui permet à la nature
humaine du Christ de vivre et de battre son
plein, en quelque sorte, et d'exprimer ce qui se
passe au sein de sa nature divine : son cœur est
donc toujours de moitié en tout ce que Jésus-
Christ pense et veut sur chacun de nous.

Et vous voulez que moi qui sais ces choses,
vous voulez que moi qui ai médité ces choses,
vous voulez que je ne sois pas à genoux près de
son cœur, entendez bien, près de ce cœur qui
est le cœur du Moi divin, du Verbe de Dieu
incarné, le cœur d'un Dieu fait homme, le cœur
absolument divin de par le Moi qui le termine et
le personnifie. Mais alors pourquoi ? faites-moi
donc une objection ; dites-moi qu'il y a une hési-
tation dans votre pensée ; dites-moi que je suis
idolâtre ; dites-moi que j'adore autre chose que
Dieu ; dites-moi que je suis devant quelque chose
de terrestre, quelque chose d'inférieur.

Non, je suis devant Dieu, devant la Majesté de mon Dieu qui est inscrite là dans ce cœur et qui se traduit à moi par ce cœur ! Et puisque c'est par ce cœur qu'elle passe, je puis bien y passer aussi, moi ; et puisque c'est par ce cœur qu'elle se donne, je puis bien la chercher à travers ce cœur, moi aussi ; et puisque c'est à travers ce cœur qu'il m'aime, mon Christ ! que voulez-vous ? il faut bien que je sache le comprendre, et que je l'aime comme il m'aime !

Voilà pourquoi nous avons la dévotion au Sacré-Cœur. Et chaque fois, mes frères, que vous viendrez étudier avec tout le sens philosophique que Dieu vous a donné, que cette « lumière vraie » qui est en nous, vous rend possible, que vous viendrez étudier ces grandes choses qui s'appellent ces dévotions approuvées (car il faut cela), approuvées par l'autorité légitime dans l'Église, chaque fois, dis-je, que vous serez devant ces dévotions, vous pourrez faire le travail que nous venons de faire, et vous devrez tomber à genoux, à la fin, et dire : C'est Dieu qui passe, c'est Dieu qui se raconte, c'est du divin qui est près de moi, et alors vous ferez ce que je vous demande, vous communierez à ce divin, vous y communierez en bénissant votre Père qui est au ciel.

Paris. — Imprimerie F. LEVÉ, rue Cassette 17.

www.ingramcontent.com/pod-product-compliance
Ingram Content Group UK Ltd.
Pitfield, Milton Keynes, MK11 3LW, UK
UKHW031731170726
13836UKWH00002B/591